PHILEAS FC

N. 6

Osvaldo Soriano
Nero, il gatto di Parigi
Titolo originale
El Negro de París

Opera pubblicata nell'ambito del Programma «Sur» di sostegno alla traduzione del Ministero degli Affari Esteri e Culto della Repubblica Argentina.
Obra editada en el marco del Programa «Sur» de apoyo a las traducciones del Ministerio de Relaciones Exteriores y Culto de la República Argentina.

ISBN 978-88-94922-04-2

LiberAria Editrice s.r.l.
Via S. Tommaso d'Aquino 8c – 70124 Bari
www.liberaria.it

Nero, il gatto di Parigi

OSVALDO SORIANO

Traduzione di Ilide Carmignani
Introduzione di Marco Ciriello

LA

La prima comunione

di

Rocco Cutrì

5 maggio 2019

I GATTI LO SAPRANNO

Marco Ciriello

Guardando con gli occhi di un gatto e di un bambino: dalla Torre Eiffel si vede Buenos Aires, e persino le partite del Boca Juniors. Prima che un racconto per ragazzi, *El Negro de París* (esce nel 1989), è un'ode alla nostalgia, che poi era la squadra nella quale Osvaldo Soriano ha giocato meglio. È uno sguardo lungo il suo – quasi come quello di Saul Steinberg e dei suoi disegni – che annulla le distanze e avvicina quello che manca. Quando le cose vanno male conviene pensare in modo immateriale, annullando spazio e tempo. Soriano diceva di essere nato con un gatto in attesa sulla porta, il padre che fumava in cortile, e Borges e Bioy Casares a pochi isolati da lui impegnati a creare le storie allucinate di don Isidro Parodi. Era il suo modo di riassumere Mar del Plata nel '43. Poi aveva vissuto giocando a calcio, fumando, fuggendo e tirando pietre alle finestre dei potenti, come un bambino, senza mai perdere il sorriso. Fece il giornalista, fu costretto all'esilio dal potere di Videla, scrisse libri che lessero tutti – dai ragazzini di Buenos Aires a Fidel Castro, da Gabriel García Márquez a Salman Rushdie passando per Maradona –, divenne famosissimo e quando stava scrivendo un romanzo su Carlos Gardel morì. Era il 29 gennaio del '97.

Diceva che era stato un gatto a portargli la soluzione per *Triste, solitario y final*: «Era nero, con lo sguardo deciso, molto simile a Taki, la gatta di Chandler». Diceva che un altro gatto, el Negro Venì, gli aveva tenuto compagnia nell'esilio; e un altro, Peteco, lo aveva tratto dall'impaccio mentre scriveva *La resa del leone*. Diceva di aver vissuto con una ragazza e di averla lasciata quando era venuto fuori che era allergica ai gatti. «A Parigi, mentre lavoravo a *L'occhio della patria*, a un quinto piano inaccessibile, mi è apparso un gatto equilibrista che camminava lungo i tubi delle grondaie. Per sentirmi più sicuro di me, ho messo un gatto nero all'inizio e uno rosso alla fine di *Un'ombra ben presto sarai*». Diceva di essere uno di loro anche se non aveva ancora imparato le finezze e i pregi della specie. Era forse per imparare che li metteva ovunque, almeno uno per libro, ne mise uno anche nel trattamento che anticipava il film tratto da *Una sombra ya pronto serás* e, giustamente il regista Héctor Olivera citando Truffaut – che consigliava di non confrontarsi mai con un gatto in azione – gli disse che era impossibile far fare ai gatti quello che lui aveva scritto. Soriano chiarì: conosceva il consiglio del regista francese, ma li aveva messi per placare le sue paure, sì, perché sapeva che una storia senza gatti è una storia che non ha fortuna, come poi spiegò allo scrittore italo-argentino Antonio Dal Masetto, che si lamentava di scrivere bene senza ottenere successo di pubblico. Ne mise uno – seguendo il consiglio di Soriano – in *È sempre difficile tornare a casa* e il libro poi andò bene.

Diceva che il suo primo gatto, Pulqui, «era scimmia, leone, pirata e bandito», in pratica era la sua opera *in fieri*, che una volta scritta sarebbe stata assaltata dalla gatta Virgula, che Soriano vedeva combattere con suo figlio Manuel. Diceva di non avere biografia, che gliela avrebbero inventata i gatti che sarebbero venuti quando lui sarebbe stato «bello soddisfatto, seduto sul cerchio della luna». Non è stato così, l'aveva già tutta scritta, ma i gatti gli hanno dato una grande mano. Per suggestione o per magia, con Soriano, il confine tra vero e falso perde importanza, sono la lingua e la sua immaginazione a prevalere. Perché solo un gatto poteva rivelare Parigi e Buenos Aires a un bambino, annullando le distanze mentre gli spiegava la vita, perché "A la gente grande le falta imaginación". Soriano riesce a parlare di un *niño*, del forzato abbandono della propria casa – a causa della dittatura – e del proprio gatto, Pulqui; della ricerca di adattamento verso un posto nuovo e una nuova lingua; e della possibilità di superare lo sradicamento con un altro gatto, El Negro, che lo guida verso l'insospettabile e che gli parla. Sono entrambi esiliati e randagi, e il mondo misterioso dei gatti è quello degli esuli. La loro avventura è salgariana, uniti superano l'insopprimibile individualità animalesca guadagnando una "visione" che colma il loro dolore, e li rende ancora più lontani dagli altri e per questo uniti. La spietatezza dei sentimenti diventa unione, nel tentativo di apertura verso la diversità. Soriano consegna a suo figlio e a tutti i bambini che leggeranno una speranza rispetto alla loro solitudine, doppia, di sogno e realtà. Ci sarà sempre un *Negro de París* a consolar bambini soli, magari non parlerà, ma conservando aristocrazia, elargirà calore e incoerenza, divenendo la transizione tra due mondi, due tempi, consapevole della condizione irripetibile, luminosa e assoluta, seppure arrangiata, d'essere felini.

Oscillando si cresce, brancolando si impara, cadendo si misura, perché i gatti lo sanno, e meglio di noi, che, prima dei paesi, delle città, delle case, è dentro una grandissima discrasia che abitiamo.

Nero è un gatto tranquillo, sulle sue, a volte rude senza essere maleducato. Io e papà andammo a prenderlo un pomeriggio alla Società per la Protezione degli Animali di Parigi. Eravamo arrivati in Francia qualche tempo prima e io mi sentivo molto solo, non riuscivo a capire perché avessimo lasciato Buenos Aires così in fretta.

Papà e mamma mi avevano spiegato tante volte che fin quando i militari fossero rimasti al governo del paese noi saremmo stati in pericolo, e che per me era meglio crescere e andare a scuola in un posto dove mi avrebbero insegnato a vivere nella libertà. Quando eravamo partiti da Buenos Aires, non avevamo avuto il tempo di prendere le nostre cose; avevo dovuto lasciare laggiù un triciclo e un lungo trenino elettrico che facevo correre tra montagne, boschi e fiumi, tutto sul tavolo della sala da pranzo. Ma quello che più mi era dispiaciuto era stato lasciare Pulqui, che la notte dormiva con me, raggomitolata fra le mie gambe come una pallina calda, fino al mattino dopo, quando mi svegliavo alla solita ora per andare a scuola.

Arrivato il momento di andare all'aeroporto, mio zio Casimiro venne a prenderla e mi disse di non essere triste, che se ne sarebbe occupato lui e al nostro ritorno sarebbe venuto ad accoglierci insieme a lei. Me lo promise, aspettò che le facessi qualche altra carezza e poi la mettemmo in un cesto di vimini. La sentii miagolare mentre la mamma mi abbracciava forte e mi diceva che l'avrei rivista presto.

Arrivammo in Francia e dovetti farmi dei nuovi amici che parlavano una lingua canterina, pomposa, che all'inizio non capivo. Era tutto nuovo per me: la lingua ma anche la neve e le strade che finivano subito, tanto è vero che se giravi l'angolo ti perdevi, perché a Parigi è impossibile fare il giro dell'isolato. Ecco la cartina del mio quartiere e ditemi voi come si fa a orientarsi in questo dedalo di viuzze:

È un bel pasticcio! Non so come riuscisse il postino ad andare e venire in questo rompicapo, ma ogni tanto portava a papà e mamma una lettera dello zio Casimiro con una foto di Pulqui per me. La foto però non mi bastava. Avrei voluto accarezzarla e giocare con lei come facevo prima e sentivo talmente la sua mancanza che un giorno papà mi propose di cercarle un amico. Un bel gatto che sapesse girare le strade di Parigi senza perdersi e che poi avremmo portato con noi in Argentina perché conoscesse Pulqui e le raccontasse com'è questa città vista dai tetti.

Così, un pomeriggio andammo in autobus alla Società per la Protezione degli Animali e trovammo Nero.

C'erano tanti gatti e tanti cani, e gente che li guardava e parlava con loro. Facevano pena, rinchiusi là dentro ad aspettare che qualcuno venisse a prenderli. Io avrei voluto portarmeli via tutti, cani e gatti, ma aveva ragione la mamma quando mi disse che in casa non c'era posto. L'appartamento era molto piccolino e sarebbe stato un pasticcio ritrovarseli tutti sul letto, sopra l'armadio, nella vasca da bagno e perfino nei cassetti.

Così continuammo a guardare finché non vidi Nero. Era sdraiato su un lungo tronco che attraversava la gabbia, e aveva uno sguardo distante come se sognasse. Non appena lo vidi, con quegli occhi rotondi come padelle e quei baffi lunghi come canne da pesca, mi sembrò di conoscerlo da sempre. Mi dissi che Pulqui sarebbe stata contenta di avere un amico così. Lo chiamai attraverso la rete, micio, micio micio, e lui ci mise un po' a girare la testa e a guardarmi come a dire: "*Sssh, non essere ridicolo, per favore*". Allora mi zittii, gli sorrisi, lo indicai col dito e dissi a papà:

«Quello laggiù tutto nero, prendiamoci quello con l'aria da scemo».

Gli diedi dello scemo apposta, per dimostrargli che non mi lasciavo impressionare dal suo sguardo arrogante. Li conosco bene i gatti, si sentono belli ed eleganti e vogliono impressionare la gente facendo gli indifferenti e civettando. In fondo sono timidi e molto pigri, incapaci di vivere da soli come i leoni o gli elefanti o gli uccelli.

Ci consegnarono Nero dentro una scatola di cartone a cui mancava solo il fiocco. I francesi sono così precisi che ci diedero la sua carta d'identità, con un nome che non ricordo più e al quale lui non rispondeva. C'erano anche il certificato di vaccinazione e un foglietto con su scritto che era stato ritrovato per strada, smarrito, e che aveva sei mesi.

Mentre tornavamo in taxi, feci il conto: eravamo a giugno e se Nero – lo chiamavo già così – aveva sei mesi, voleva dire che era nato a gennaio, come me. Allora decisi che avremmo festeggiato il compleanno lo stesso giorno. E alla festa che avrebbero organizzato i miei genitori, lo avrei invitato a soffiare sulle candeline della torta insieme a me e gli avrei fatto un regalo da gatto.

Dopo pochi giochi e sguardi che valevano più delle parole, mi resi conto che Nero aveva un carattere calmo, distaccato, ruvido se lo infastidivano, ma senza mai essere maleducato. Quando c'erano visite, per esempio, lanciava un'occhiata alle persone e se percepiva che avrebbero parlato di cose noiose mi guardava e con gli occhi diceva "*andiamo in un'altra stanza che questi sono dei mattoni*". E ce ne andavamo a giocare o a chiacchierare da un'altra parte.

Io non parlavo con lui come facevo con gli altri ragazzi o con papà e mamma. A noi due bastava un gesto o un occhiolino, uno sguardo, un cenno del capo. A volte aggiungevamo una parola o un miagolio per rimarcare, ma in genere non ce n'era bisogno. I gatti hanno un linguaggio che capisce solo chi accetta il mistero.

Col passare degli anni ci intendemmo sempre meglio.

Nero usciva la notte e a volte tornava debole e malconcio, coi baffi spettinati e qualche graffio beccato in una zuffa. Aveva amori passeggeri e tempestosi che ogni tanto lo mettevano di malumore, ma una volta passato il periodo del calore ridiventava gentile e affettuoso e rimaneva a dormire nel mio letto, stretto a me, come faceva Pulqui. Era impaziente di conoscerla e anche un po' geloso sapendo di non essere l'unico gatto importante della mia vita.

Nel frattempo io avevo imparato a parlare e a scrivere in francese e a scuola prendevo dei bei voti. Lentamente, quasi senza accorgermene, Buenos Aires cominciò a essere per me un posto strano che i miei genitori nominavano con passione e a volte con paura.

AXI
5.70 0.60

I miei compagni di scuola non sapevano nulla della città dove ero nato. Non conoscevano il mate, le pastiglie di menta, i derby fra il Boca e il River, i pasticcini che fanno laggiù, la ruta, il *dulce de leche,* il grembiule bianco della scuola, la campagna militare di San Martín e le focaccine fritte.

Anch'io cominciavo a dimenticare quel mondo così lontano. Pulqui era ormai un ricordo plasmato su una fotografia e pian piano mi rendevo conto che forse potevo vivere senza di lei e lei senza di me.

Naturalmente mi entusiasmava l'idea di rivederla e di giocare di nuovo insieme. Di presentarle Nero e di immaginare che uscivano a ruzzare nei cortili, sui marciapiedi e sui tetti.

Quando alla fine del 1983 gli argentini restaurarono la democrazia, papà e mamma cominciarono a parlare tutti i giorni di Buenos Aires. Dicevano che bisognava tornare per costruire un bel paese, una nazione dove io, che stavo finendo la scuola, potessi vivere nella libertà, nella giustizia e senza paura. Perché non dovessi mai andarmene come se n'erano dovuti andare loro.

La sera, mio padre apriva sul tavolo una grande carta geografica dell'Argentina e mi raccontava cose che alla scuola francese non studiavo. Spostava qua e là il suo ditone su quel triangolo che finisce all'Antartide e mi raccontava delle province calde della Mesopotamia, del Cuyo e della Patagonia fredda e ricca. Mi parlava delle battaglie della guerra d'Indipendenza, della Prima Giunta, di Moreno, Belgrano, San Martín, Rosas, Sarmiento, Yrigoyen e Perón. Cominciò anche a darmi dei libretti che all'inizio mi annoiavano, ma visto che me li spiegava con infinita pazienza e che a volte mi faceva perfino ridere, pian piano me li lessi tutti e imparai da lontano a conoscere il paese in cui ero nato.

In Argentina non c'erano draghi, elefanti o leoni con grandi criniere, però c'erano feroci giaguari, gorilla pelosi, unitari selvaggi, cacicchi e uomini a cavallo[1].

A poco a poco, papà mi raccontò una lunga storia di scoraggiamenti e di utopie e mi diceva che io dovevo ereditare, soprattutto, la speranza.

[1] Il riferimento è ad alcuni personaggi e figure della storia argentina. Juan Facundo Quiroga (1788-1835) era detto il Giaguaro de Los Llanos; gli oppositori di Perón e del peronismo erano chiamati gorilla; gli unitari erano gli aderenti al Partido Unitario; i cacicchi erano i capi indigeni, e gli uomini a cavallo i grandi proprietari terrieri. (N.d.T.)

Mentre papà parlava, Nero ci guardava come se la conversazione gli interessasse. Ogni tanto gli accarezzavamo la testa o gli grattavamo la collottola o la gola, e lo sentivamo fare le fusa.

A poco a poco cominciai a sognare quel paese misterioso e mio che papà e mamma mi facevano rivivere tutte le sere. Non era così bizzarro ed estraneo come quello di Sandokan, né fantastico come quello di Tarzan, né c'erano isole dai tesori nascosti. Ma era il mio paese, e ora che potevamo tornarci la mia curiosità si era risvegliata.

A volte, prima di addormentarmi, pensavo a cordigliere innevate, terre rosse, pianure infinite e grembiulini bianchi. Una di quelle sere, Nero si sdraiò al mio fianco, unì le zampette anteriori sotto il muso, si lisciò indietro i baffi e battendo gli occhi mi disse che c'era un modo per guardare di là dal mare, per vedere il mio paese e pregustarlo prima di tornarci definitivamente.

Conoscendo gli scherzi che quel gatto furbetto mi faceva sempre, mi mostrai sorpreso. "*No*" insistette lui, "*non sto scherzando. Posso mostrarti il mondo intero, se hai il coraggio di salire con me in alto, molto in alto*".

Cominciò così la grande avventura della mia vita. Un'avventura che adesso mi sono deciso a raccontare e che continua a sembrarmi un sogno, perché sento ancora il mio respiro agitato, il cuore in gola per l'emozione e gli occhi che mi si spalancano, enormi, per vedere l'altra sponda del mare.

La prima volta che uscimmo non andammo molto lontano perché mi saltò in mente di entrare in un bar (a Parigi li chiamano bistrot) che vendeva cioccolatini; dovemmo uscire di corsa, inseguiti da un branco di cani che cercavano di azzannarci a pochi centimetri dalle chiappe.

Il fatto è che in Francia le bancarelle di dolciumi sono dentro i bar. Non sono così assortite come quelle argentine, ma a volte ci sono gomme da masticare e cioccolato con le mandorle che mi piacciono tanto. Nero, invece, non ne vuol sapere di questa roba e preferisce il pesce che a me, a dire il vero, non dice niente.

Devo confessare che Nero mi aveva avvisato di non entrare in quei posti, che spesso sono pericolosi. Ma siccome i gatti esagerano sempre, io insistetti, lo presi in braccio, aprii la porta con una spallata, alla John Wayne, ed entrai. Allora mi resi conto che Nero aveva ragione.

Dentro, al calduccio della stufa, c'erano una decina di cani di ogni tipo, taglia e colore, in attesa che i padroni finissero l'aperitivo.

Appena videro Nero, saltarono su e cominciarono a raspare il pavimento con le zampe. Ringhiavano di brutto e abbaiavano in coro con la lingua fuori. La storia del can che abbaia non morde non è affatto vera: se la sono inventata i cani per evitare che tu scappi.

Che cosa fece Nero, sotto attacco e in condizioni di inferiorità con i suoi quattro chili immobilizzati fra le mie braccia?

Per prima cosa mi diede dello stupido e anche di peggio. Poi abbassò le orecchie, gonfiò la coda e mostrò quattro canini splendenti come chiodi da falegname. Io mi spaventai un po' perché mi resi conto che la situazione era complicata e le avremmo prese. La porta si era chiusa e non potevamo più filarcela. Eravamo in trappola fra il bancone e i cani, molto simili a quelli che si vedono nei film dell'orrore in televisione.

Nero mi guardò e muovendo i baffi mi fece cenno di posarlo sul bancone. Aveva sfoderato delle unghie che sembravano uncini, tanto per impressionare un po' il pubblico. Lo misi fra una bottiglia e un portacenere e mi tirai da parte temendo che i mastini mi riducessero a brandelli i pantaloni. I clienti agguantarono i bicchieri nel disperato tentativo di salvare le ultime gocce di vermouth e si sistemarono lungo il muro come per vedere lo spettacolo dalla platea. Nei loro sguardi c'era una chiara simpatia per il battaglione di cani che ringhiavano e muovevano le teste di qua e di là come se non sapessero da chi cominciare, se da Nero o da me.

Erano cani addestrati, come quelli della polizia. Il più feroce era un pastore tedesco che obbediva a un tizio grande e grosso, in giubbotto nero con teschio e ossa incrociate, intento a giocare alla slot-machine. Il tizio grande e grosso diceva: «Vai, mangialo, mangialo» e si divertiva come un matto.

Nero, nel frattempo, passeggiava sul bancone, il pelo ritto, senza perdere di vista gli avversari. Ogni tanto, per far finta che la faccenda non meritasse tutta la sua attenzione, alzava una zampa e gli tirava un paio di leccate come fosse un gelato. Io, confesso, avevo una fifa blu e se fossi potuto uscire sarei corso a cercare il mio papà perché ci desse una mano.

Alla fine, uno dei cani caricò come la cavalleria. Era un cagnetto da nulla. Saltò, più per far scena che per mordere, e si prese un'unghiata sotto il muso che lo fece tornare uggiolando nelle retroguardie. Ci fu stupore nel pubblico. Io urlai: «Scappiamo, Nero!» e il gatto mi guardò con la coda dell'occhio come a dire: "*Non metterti in mezzo, compagno*".

La gente cominciò a fare commenti sgradevoli sul ragazzino straniero che era venuto a guastargli l'aperitivo. Tipo: "*Che ci sta a fare un bambino in giro a quest'ora*" e altre cose del genere. Nero, abbastanza gradasso, saltò su un tavolo vuoto, passando annusò la saliera, come se i cani per lui non esistessero più, e poi rizzò di nuovo il pelo.

Un tappetto baffuto, con un basco calato fino alle orecchie, disse che era ora di finirla e ordinò al suo dobermann di lanciarsi all'attacco. Io, disperato, cercai di spiegargli la differenza di dimensioni e di animale, ma non ci fu modo. Il tappetto cacciò un grido e il cagnaccio partì come un razzo.

Quando spiccò il salto, il dobermann aveva la bocca spalancata e gli colava la bava dai canini. Nero si inarcò all'indietro, come un giocatore di tennis, e gli tirò un destro dall'alto in basso. Il cane si trovava a mezz'aria e rimase infilzato per il naso.

Cadde seduto, un po' ridicolo, e mi fece pena vederlo così in imbarazzo. Un altro, col muso a scatola, investì Nero con un lungo ululato e cercò di salire sul tavolo. Nero si mosse come un fulmine, soffiò, si spostò di lato e gli mollò un sinistro che colpì l'avversario in pieno muso. La saliera ruzzolò e cadde sulla testa di un cagnolino color cannella che si era avvicinato solo perché non lo prendessero per vigliacco. Ci fu un fuggifuggi generale.

Nero fece un balzo per andare su un altro tavolo vicino alla parete, ma il padrone del bar, un uomo senza scrupoli, lo tirò via di botto. Il povero Nero cadde a terra come una pera matura e vide che la faccenda si metteva male. Il dobermann non si fece attendere e gli affibbiò un morso che gli strappò un ciuffo di peli dal dorso. Per schivarlo, Nero si lanciò in uno slalom e poi derapò come una moto.

ESTAURANT

Io, disperato, mi precipitai alla porta e la spalancai d'un colpo. Nero fece una finta come se volesse andare da un'altra parte e guadagnò l'uscita.

Non so chi fosse il primo in strada, se lui o io, ma i cani ci stavano alle calcagna e la gente del bar si affacciò a vedere la battuta di caccia. Corremmo come struzzi finché non vedemmo un gran muro che doveva essere alto due metri.

Nero, che correva davanti a me, si girò per avvisarmi che dovevamo farcela o eravamo perduti. Così saltammo insieme, alla disperata, con il branco ormai alle caviglie.

Fu come se all'improvviso fossimo diventati due gatti e una sola paura. Per un attimo restammo in equilibrio in cima al muro, ansimando, senza fiato, mentre il vento freddo ci accarezzava il pelo, perché anch'io ero un gatto randagio, come Nero, e lassù mi sentivo in cima al mondo. Al sicuro.

Ci guardammo e sorridemmo. Mi resi conto, mentre scendeva la notte, che da allora in poi i tetti non avrebbero più avuto segreti per me. Potevo farcela. Potevo salire sulle nuvole e vedere l'Argentina di là dal mare.

Quella notte dormii profondamente e il giorno dopo, a scuola, sorrisi in silenzio quando i miei amici durante la ricreazione mi raccontarono le loro piccole avventure del fine settimana. Aspettavo con impazienza un sabato che sarebbe stato indimenticabile. E finalmente il gran giorno arrivò. Faceva freddo e nevicava, il che mi fece temere che non potessimo uscire di casa. Nero dormicchiò tutto il giorno, serio, accanto alla stufa. Papà e mamma dissero che sarebbero andati al cinema. Io non volevo nascondere nulla ai miei, ma Nero mi disse di raccontargli tutto dopo, per non allarmarli.

A Parigi l'inverno è rigido e alle quattro del pomeriggio è già buio. Il freddo e la neve avevano svuotato le strade, così uscimmo dalla finestra della mia camera e camminammo fino a un comignolo da dove si vedevano le luci del circondario. Il calore del fumo scioglieva la neve e un filo d'acqua scorreva nella grondaia verso il pluviale. Per me era un mondo affascinante e sconosciuto: il regno dell'alto. Nero, con aria sempre distratta, sembrava scrutare l'orizzonte grigio facendo fremere i baffi e le sottili vibrisse della fronte. Di tanto in tanto la brezza depositava una foglia secca o una piuma di piccione sulle tegole innevate. Guardai le sagome degli edifici e le ombre fitte della tormenta. Mi domandai come fosse possibile, in una notte del genere, riuscire a vedere più in là di quanto percepivano i miei poveri occhi di esploratore dei tetti.

«E adesso dove si va?» domandai mettendomi vicino al comignolo e chiudendomi il giubbotto fino al collo.

«Non avere paura» rispose Nero con gli occhi che brillavano come due diamanti. «Andiamo a fare una passeggiata. Vieni, seguimi».

E così andammo di tetto in tetto, costeggiando antenne e saltando muri, a due zampe e a quattro, spiccando balzi giganteschi e cadendo sempre in piedi dentro abissi di luce e d'ombra. Davanti a me, Nero a volte mi faceva segno di nascondermi, per non perdere tempo in inutili zuffe con altri gatti. Rimpiattato nel vano di qualche porta, non riuscivo a trattenermi dal lanciare, di tanto in tanto, un "*miaooo, miaooo*".

Attraversammo un lungo ponte. La camminata o il pelo che ormai mi stava spuntando mi aveva fatto passare il freddo. La Senna con la sua corrente di un marrone selvaggio scuoteva le chiatte alle banchine. Alzai la testa e vidi, di fronte a noi, la torre che i miei genitori mi avevano portato tante volte a vedere: quella delle cartoline, la grande mole grigia, il colosso di ferro velato dalla nebbia e dalla neve. La Torre Eiffel. A scuola mi avevano insegnato che è alta 300 metri, così pensai immediatamente che Nero era matto come un cavallo se credeva di farmi salire lassù. Stavo per dirglielo quando miagolò per avvisare che dovevo abbassarmi e guardarlo fisso negli occhi. Restammo così a lungo, come ipnotizzati, indifferenti al nevischio, soli in mezzo a quell'immenso parco che i francesi chiamano Champ de Mars. Finché all'improvviso tutto si illuminò.

Prima arrivò una potente luce bianca che mi accecò un istante. Poi, come quelle fotografie polaroid che a poco a poco vengono fuori impercettibilmente dal nulla, dei colori cominciarono a spuntare da tutte le parti. Un'esplosione di rossi, verdi, gialli, ocra e celesti ridipinse il paesaggio e gli alberi nelle aiuole, e la torre grigia si innalzò davanti a me e il cuore cominciò a battermi come se volesse uscirmi di bocca. Le fate e i folletti, se esistono, erano lì a ballare negli occhi smisurati del mio gatto nero. La notte era diventata giorno e il mio corpo era leggero, agile, fine come il polline o la rugiada.

Non potevo parlare. Non potevo fermarmi a pensare o a cercare spiegazioni. Guardai Nero e vidi che rincorreva un colibrì. Si comportava come se tutto fosse semplice, come se la capacità di trasformare il mondo rientrasse nelle sue doti naturali.

Mi fece segno di seguirlo e iniziammo a salire sulle scale della torre. Al primo piano, dove c'è un ristorante, ci fermammo ad ascoltare una musica dolcissima e dietro al vetro vedemmo tutti i barboni e i mendicanti di Parigi seduti a una lunga tavola che mangiavano manicaretti da re, ridendo e scherzando in una lingua incomprensibile, e ai piedi di ognuno di loro dormiva un gatto vagabondo.

«Oggi è il giorno dei desideri che si avverano» disse Nero con un cenno del capo e mi sembrò che sorridesse.

Quando arrivammo all'ultima rampa della torre, la più lunga, sentii che ai miei piedi si muoveva il mondo. Era come stare dritto sulla chioma di un albero battuto dal vento. Mi aggrappai a una trave di ferro e guardai il fulgore di Parigi. Ebbi una breve vertigine per la sorpresa e per gli scossoni della torre, che a quell'altezza sobbalzava come avesse la tosse canina.

«Sul tuo obelisco ci si può salire?» domandò Nero, e senza esserne molto sicuro dissi di sì. Al ritorno lo avrei chiesto a Pulqui.

Balzavamo da una trave a quella sopra; io mi arrampicavo accanto alla tromba dell'ascensore e Nero scalava la facciata esterna della torre. A pochi metri dalla cima ci fermammo a riprendere fiato e ci scambiammo un'occhiata di complicità. Finalmente, con un ultimo balzo, raggiungemmo la cima e allora sentii che avevamo il mondo intero ai nostri piedi.

«Guarda, potremmo visitare tutti i paesi senza muoverci da qui» mi sussurrò Nero. «Laggiù c'è l'Argentina, la vedi? Laggiù, laggiù, sotto la Croce del Sud!»

I suoi occhi si ingrandirono e le stelle comparvero nel cielo sopra un paesaggio che aveva la stessa forma di quello visto tante volte sulla carta geografica con papà. Di colpo, come se qualcosa scivolasse sul mare, una costellazione di edifici, parchi e avenidas si avvicinò a noi fino ad arrivare quasi a portata di mano. Allora riconobbi calle Corrientes e Plaza de Mayo, gli autobus e le automobili come in una fotografia ingrandita e viva. A Villa Devoto c'era casa mia, più in là, a Liniers, quella dei miei zii, con dentro Pulqui. Di colpo mi arrivarono i profumi delle acacie, il sapore dei torroni e un vortice di immagini e ricordi di quand'ero molto piccolo e non andavo ancora a scuola.

Vidi, all'improvviso, mio zio che usciva sul marciapiede. Lo chiamai, gridai finché Nero mi disse che non poteva sentirmi, che eravamo troppo lontani e che solo i nostri occhi si erano avvicinati al mio quartiere.

Io ero emozionatissimo e volli guardare dentro a una finestra in cerca di Pulqui, per presentarla a Nero. Era là in soggiorno, a inseguire un gomitolo di lana, senza neppure immaginare che la stessi vedendo.

Dulce
de Leche

«È bella» disse Nero, leccandosi.

«Anche lei può fare quello che fai tu?» domandai con ansia.

«Tutti noi gatti possiamo farlo».

«Guarda!» gridai. «Quello è lo stadio del Boca! Dài, veniamo qui a vedere la partita?»

«No, è scomodo venire fin quassù» disse Nero; «la vedremo allo stadio, tanto saremo a Buenos Aires allora. Voglio dire... se mi portate con voi...»

Lo presi in braccio, gli accarezzai la testa e restammo a lungo a guardare Buenos Aires.

«Ho così tanta voglia di tornare...» dissi.

«Lo so. Per questo ti ho portato qui, perché vedessi il posto dove sei nato e dove diventerai grande».

«Ti piacciono i tetti di là?» gli domandai.

«Non sono male. Sono meno pericolosi di questi. Tu dicevi che a Buenos Aires mangerò carne vera, giusto?»

«Te lo prometto. Ma, sia chiaro, dovrai viaggiare in aereo senza miagolare, né fare pasticci...»

«Non preoccuparti, dormirò tutto il tempo. Be', ora dobbiamo rientrare perché i tuoi genitori saranno a casa a momenti».

«Posso raccontargli cosa abbiamo fatto? Posso dirgli che mi hai portato a vedere Buenos Aires dalla Torre Eiffel?»

«Certo che puoi. Tanto non ti crederanno».

«E se tu ci portassi anche loro?»

«No, i grandi non hanno abbastanza immaginazione. Andiamo?»

«Andiamo».

A casa non dissi nulla. Di tanto in tanto, con Nero, ci scambiavamo una strizzatina d'occhio. Quella sera papà mi mostrò un libro di fotografie di Buenos Aires. Quando lo chiuse, si tolse gli occhiali e mi disse:

«Vedrai che belli il giardino botanico e lo zoo. Secondo me ti piacerà vivere a Buenos Aires».

Quella notte sognai che Pulqui e Nero mi portavano su quel ponte alto e scuro che c'è a La Boca per vedere Parigi. Con il fiume sotto di noi, vedevamo la grande torre di ferro di là da un mare immenso, e in cima c'eravamo noi, che guardavamo di qua come adesso guardiamo laggiù.

Indice

Nero, il gatto di Parigi
Osvaldo Soriano

Traduzione: Ilide Carmignani
Revisione di traduzione: Francesca Erba
Correzione di bozze: Giorgia Fortunato
Giorgia Antonelli
Direttore di collana: Alessandro Raveggi
Ufficio stampa e comunicazione: Giulia Taddeo
Segreteria amministrativa: Elisabetta Stragapede
Progetto grafico e impaginazione: Gaia Valentino
Tutte le illustrazioni sono di: Vincenza Peschechera

PHILEAS FOGG in catalogo

Sunnyside, Glen David Gold
L'ultima vacanza. A memoir, Gil Scott Heron
Il rifugio delle puttane, Katy Darby
Il matrimonio di Chani Kaufman, Eve Harris
Farabeuf o la cronaca di un istante, Salvador Elizondo

di prossima pubblicazione

La lavoratrice, Elvira Navarro
La parte inventata, Rodrigo Fresán

Finito di stampare nel marzo 2019
presso Grafiche Deste srl
via Casamassima sn Z.I. 70010
Capurso (BA)